ザ・空気 ver.3

そして彼は去った…

永井愛

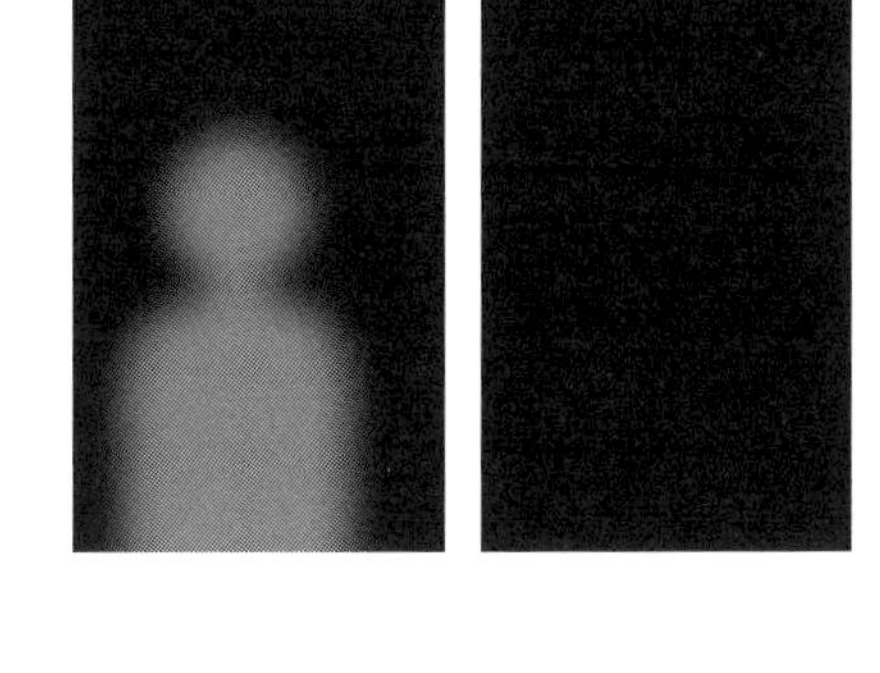

而立書房

■登場人物

横松輝夫……………政治ジャーナリスト
新島利明……………BSニュース番組「報道9」チーフディレクター
立花さつき…………BSニュース番組「報道9」サブキャスター
袋川昇平……………BSニュース番組「報道9」アシスタントディレクター
星野礼子……………BSニュース番組「報道9」チーフプロデューサー

1

あるテレビ局の九階にある会議室。といっても、ほとんどの椅子やテーブルは運び出され、あまり使われている様子はない。

中央の窓からは、非常階段の一部が見える。

部屋への出入り口は、通路につながるドアと、非常階段に向かうドアの二ヵ所。

通路側のドアが開き、マスクをつけた袋川昇平が入ってくる。[*1]

袋川　（通路に向かって）こちらです。どうぞ！

＊1　登場人物は、指定のない場面でも、基本的にマスクやフェイスシールドを着用している。必要に応じて、それを外したり、ずらしたりすることができる。

と、ドアを開けたまま空調のスイッチの方へ。暖房を入れる。

袋川　（また通路に向かい）どうぞ！　暖房入りましたから。

応答はない。見に出ようとしたとたん、マスク姿の横松輝夫が入ってくる。とっさによけて距離をとる袋川。横松、それを不快そうに見ると、ドアを閉め、中へ。コートの前をかき合わせる。

袋川　すいません、すぐあったまりますから。

横松　……

袋川　あの、どうぞ、お楽に……（と、椅子を示す）

横松　（見るが、動かず）……

袋川の携帯電話にラインの着信音。

袋川　え〜と、では、また戻りますので……

横松　おい、プロデューサーから説明はないのか？

袋川　はい、もうすぐ来ると、今返事が。

横松　じゃ、それまでいろよ。失礼だろう、ゲストコメンテーターをこんなところに置き去りにして。

袋川　今仕事が立て込んでいて、こういう時期なんで、スタッフが減らされた分こっちに……はい、待ちます、もちろん。

横松、ようやく腰かける。
袋川、さりげなくドアに近づき、細目に開ける。

横松　何してる？

袋川　プロデューサー、まだかなと思って。

横松　閉めろよ、寒いだろ。

袋川　はい。（と、閉めるふりをして、また少し開ける）

横松　うっすら開いてるよ。ピタっと閉めろ、ピタっと。

袋川　ただ、こういう時期なので、若干開いていた方が……

横松、立ち上がりドアの方へ。音を立てて閉める。
袋川、素早く部屋の奥に移動する。
横松、椅子に戻って袋川を見る。

横松　ずいぶんと遠くにいるね。ソーシャルディスタンスって、こんなだっけ？
袋川　いや、遠い方がいいかなと……
横松　そうか、疑ってるんだもんな。つまり、俺が……
袋川　いえ、僕の方が、そうだったりするとまずいので。
横松　（マスクを外し）俺はね、この局に出入りして、もう十五年以上になるかな、それなりに貢献してきたつもりだったが、驚いたね、今日突然こんな扱いを受けるとは。
袋川　すいません、でも……
横松　人に対して強制的な措置をとる場合には、しっかりと根拠を示すのが最低限のマナーだろう。ましてや、ここはテレビ局だ。人権については、特別な配慮が求められる。
袋川　ですので、根拠は……

横松　俺の体温は何度だった？　入口の体温チェックで、俺の熱は何度と出た？
袋川　三十七度四分でした。
横松　そう、七度四分だ、五分じゃない。つまり、隔離の基準を満たしていない。
袋川　ただですね、七度五分に近い方は、保護の上、経過を見るようにと指示が……
横松　保護だと？　俺は平熱が高いんだ！
袋川　この前もそうでしたっけ？
横松　話をズラすな。今のことを言ってんだ。
袋川　割とお久しぶりですよね、ご出演いただくのは。
横松　オファーはあったよ。この二ヵ月、たまたま都合がつかなかっただけで。
袋川　じゃその、二ヵ月前の体温は？
横松　話をズラすなと言ってるだろ。
袋川　いや、ズラしているつもりは……
横松　このことは、必ず会長に報告する。もちろん、報道局長にも伝える。この俺が、平熱なのに、バイ菌みたいな扱いを受けたと。
袋川　僕の判断じゃないんです。僕はただ、指示に従って……
横松　誰の指示だ？

袋川　直接的にはディレクターが……
横松　ディレクターに指示したのは？
袋川　さぁ……
横松　プロデューサーだろう？
袋川　……かな？
横松　それも、チーフプロデューサーの星野だろう。
袋川　……かも。

また袋川の携帯にラインの着信音。

袋川　すいません、返事を……（と、操作する）

横松、窓の方へ歩きながら、

横松　今日は特別な日だったね。今日が最後なんだろ、星野さんがチーフプロデューサーとして「報道9（ナイン）」を担当するのは？

袋川　はい。

横松　で、彼女、どこに異動するんだっけ？

袋川　アーカイブ室だとか。

横松　当然、そこのトップになるわけだ。

袋川　まぁ……

横松　まぁって、気の毒そうに言うね。もしかして、気の毒だと思ってる？

袋川　いえ、別に。

横松　そうかなぁ。現場ならそう思うのが自然じゃないかい？　彼女は今の仕事を続けたがっていたわけだから。

袋川　ああ、そういう意味では。

横松　ゴメン、君って何する人だっけ？

袋川　アシスタントディレクターです。

横松　ああ、もちろん覚えてる。だから、君がそう思うのはわかる。ただ、「気の毒」を超えて「不当だ」ってことになると、これは違うと思うんだ。つまり、彼女が「政権に批判的だから外された」的なね。あるだろ、中にはそういう見方も。

袋川　まぁ……

横松　俺もね、そこは気になってズバリ、会長に聞いてみた。「星野プロデューサーは反政権的な報道姿勢が原因で更迭されたんですか」って。そしたらね、会長は何てったと思う？

袋川　……？

横松　その指摘は当たらない、全く問題ない。人事に関することなので、これ以上のコメントは差し控える。

反応できないでいる袋川。横松、突然笑い出す。

横松　冗談だよ。笑ってくれよ。

袋川　ああ……（と、少し笑う）

横松　マジで言ったと思ったのか。俺ってそういうイメージなんだな。総理おハコのフレーズをもっともらしく繰り返す、だっせぇ御用ジャーナリスト。だろ？

袋川　いえ、そんな……

横松　まぁ、「報道9」のスタッフは、総じて俺に冷ややかだ。そりゃそうなるよ。星野チーフプロデューサーが、俺を毛嫌いしてるんだから。今回の異動についても、妙な噂が出てんだろ？

袋川　噂……？

横松　俺が総理に頼まれて、会長に囁いたんだと。星野を切れ、報道から追放しろって。聞いてない？

袋川　特には…………

横松　もちろん、その指摘は当たらない、彼女の異動は「報道9」の、総合的、俯瞰的な活動を確保する観点から判断されたものなんだから。

袋川　……

横松　笑ってくれよ、冗談だって。

袋川、笑う。横松も笑う。

横松　……ああ、疲れた。ちょっと横にならせてもらうよ。（と、ソファに横たわり）コロナじゃねえぞ。トシだからね。

少し間。袋川、横松の背後で、そっと椅子に腰かける。

横松 星野が異動になるのはね、視聴率が取れないからだよ。あの人、やり方が小難しいだろ。偏差値七〇以上の、東大に入れそうな人しか相手にしない、みたいなね。もっと普通の、偏差値五〇の庶民にも楽しめるようなニュースじゃないと。そう思わない？ まぁ、正義を貫いて更迭されたと思った方が本人は楽なんだろうけどな。……ひょっとしたら、熱がどうのと難癖つけて俺を出演させない気じゃないか？ 番組を去るにあたって、にっくき敵に倍返しとか、やりそうだろ、あの人。

袋川 まさか……

横松、笑う。袋川も笑う。

横松 腹減ったなぁ。カレーでも食おうと思って早く来たのに。

袋川 何か買って来ましょうか？

横松 いや、もう行ってもいいよ。引き止めて悪かったね。プロデューサーも来なくていいわ。忙しいのに悪いから。

袋川 でも、星野さん、もう来るかと……

横松 星野が来るの？

袋川　だって、先生が呼べと……

横松　チーフを呼べとは言ってない。星野はここに来させるな！

と、出て行こうとする。

袋川　どちらへ？

横松　トイレだよ。

袋川　食堂に行くんじゃないすよね？

横松　何だ、その口のきき方は！　どこに行こうと勝手だろ。俺は三十七度四分なんだ。七度四分だ、五分じゃない！

ドアが開き、マスクをつけた星野礼子が入ってくる。

星野　ごめんなさい、ノックしたけどお返事がなくて。（と、ドアを開けたまま中へ）袋川君、いつまでお喋りしているの。横松さんがお疲れになるでしょう。早く行って。みんな怒ってるわよ。

袋川　はい……

　　袋川、横松をちょっと睨み、素早く去る。

星野　それで、私にご用というのは？
横松　（マスクをつけながら）いえ、特には。彼が気を利かしてくれたんでしょう。
星野　本当に申し訳ありません、こんなところでお待ちいただいて。
横松　まぁ、しょうがないですよ、この節はね。
星野　打ち合わせの前に、もう一度検温させていただいて、ご出演いただけるようでしたら、すぐ控室に……
横松　ということは、出演できない可能性もあると？
星野　そうですね、場合によっては……
横松　じゃ、もし二度目の検温で、また三十七度四分だったら？
星野　その場合は……総合的な判断を。
横松　七度五分じゃないわけですよ。七度四分だったらですよ。
星野　ですので、総合的な判断になるかと。

横松　しかし、僕が出るのは「激論9（ナイン）」のコーナーですよ。この二時間の生番組の一時間に穴があく。しかも討論の相手は、あのフェミニストの萩鷹子（はぎたかこ）先生だ。萩先生に対しても失礼でしょう。

星野　もちろん、そうしたくはありません。でも、もし「報道9」からクラスターが出たら、穴をあけたぐらいじゃ済みません。番組そのものが放送休止、いえ、打ち切りになるリスクだって……

横松　あの、もう決めつけてらっしゃいませんか？　まるで私が感染源みたいに……

星野　いえいえ、そうではなくて……正直に申し上げますね。今日で私、最後じゃないですか、さっき報道局長が「お疲れさん」って顔出して、そのとき、ポロッと言ったんです。「今日、横松さん来るんだって？　じゃもう退院したんだな」って。大きな手術をなさったんですってね。

横松　いや、それほどでもないですが……

星野　もちろん、局長はあわてて口止めしましたよ。本人から絶対言うなと釘を刺されてるんだからって。

横松　それは、よけいな心配をされたくなくて……

星野　大変でしたね、二ヵ月もご入院とは。

横松　入院は一ヵ月にもなりませんよ。しばらく外出を控えていただけで、体調も、むしろ前よりいいくらいでね。

星野　でも、そういうご事情ならいっそう気をつけていただきたいんです。まだ打ち合わせには時間がありますから、どうぞここでゆっくりなさって。あ、何かお飲み物でも？

横松　いえ、自販機がありますから。

星野　すいません、自販機はちょっと……

横松　えっ、いけないの？

星野　やはり、こちらでご用意させてください。温かいお茶がいいかしら？　それともコーヒー？

横松　じゃ、コーヒーを。

星野　ミルクは？　お砂糖は？

横松　いえ。

星野　お腹はすいてらっしゃらない？　お弁当か、サンドイッチでも？

横松　けっこうです。

星野　わかりました。では、すぐにコーヒーを。（と、行きかけて）そうだ、前からお聞きしたかったんですけど……（と、戻り）横松さんは、桜木と親しくされていたんですよね？

横松　……

星野　桜木正彦。うちの「ニュース・ライブ」でアンカーを務めていた……

横松　ああ……前の新聞社で一緒でした、社会部にいた頃ね。

星野　よく聞かされましたよ。横松さんが社会部のデスクで、本当にカッコよかったって。新人の自分に何から何まで教えてくれたって。

横松　教えたなんて。彼も福島出身だったんで、同郷のよしみというか、たまに飲んだりしましたが。

星野　おいっ、本当に自分で調べたか？　しっかり裏はとってるか？　先入観で物を見るなよ。

横松　……

星野　って、横松さんによく言われたって、桜木ったら、わざわざやってみせたりして……

横松　あの、彼とはどういう？

星野　一緒の仕事はなかったんですが、同じ報道局ということで、時々言葉を交わすようになって……松さんが、松さんがって、よく横松さんの話が出て。ジャーナリストとしての心がけは、すべて松さんから学んだ、誰よりも尊敬できる先輩だったと。

横松　社会部を去るまでは、でしょう？　政治評論家になってからの僕については、もうボロクソだ。裏切り者とか、政権の犬とか。

星野　ええ、確かにそうも言ってましたね。あれほど変節した人を知らないと。でも、何だか妙な感じなの。口では強く批判しながら、心のどこかで、まだ松さんを信じたがっているような……

横松　……

星野　それで、お聞きしたかったのは……「公平公正な放送を望む国民の会」っていう団体がありますすね。横松さんは、そのメンバーでいらっしゃるんですか？

横松　いいえ。

星野　でも、四年ちょっと前でしたっけ、あの団体が新聞にデカデカと、桜木を批判する意見広告を出したでしょう。「ニュース・ライブの桜木アンカーに、政治的公平性を強く求める」って。その呼びかけ人にお名前を連ねてらっしゃいましたよね。

横松　あれは、あのときだけですよ。桜木君の報道姿勢は、どう見ても偏っていると思えましたからね。彼はアンカーなんだから、言わば総合司会者だ。個人的な立場で政府を批判すべきじゃない。

星野　個人的というよりも、市民の側に立って、言うべきことを言ったんです。それは、かつての横松さんが身をもって彼に伝えた、ジャーナリズムの精神じゃないですか。

横松　あの、今そういう議論をするつもりは……

星野　ええ、もちろん私もです。ただ、桜木には最後まで、横松さんへの特別な思いがあったことは、ぜひお伝えしておきたくて。

横松　それは信じられないなぁ。僕なんか彼にとっては、とっくに過去の人間ですよ。

星野　あの意見広告が新聞に出たとき、桜木はわざわざ切り抜きを見せに来たんですよ。「びっくりだよ、いくら何でも松さんが、こんな団体と一緒になって僕を攻撃するなんて」って。そして、ぼんやりつぶやいたんです。松さんは落とし穴にはまってしまった。自分でそれに気づいていない。

横松　落とし穴？　私が？

星野　ええ、確かにそう言いました。そのとたん、ツ〜っと涙が頬を伝って……

横松　あなたの？

星野　桜木ですよ。彼、泣いたんです。そのあと、すぐでした、彼が亡くなったのは。どんな嫌がらせにも動じなかった彼が、あの意見広告のあと、急に……

横松　それ、私のせいだとでも？

星野　いえ、そんなつもりは……

横松　あの意見広告が出なくたって、彼はいずれそういうことになったんじゃないでしょうか。メンタルはそう強い方じゃないんですよ。負けを認められない分、折れやすかったと言いますか……

星野　ごめんなさい、ここに来るとどうしても思い出してしまって。実はここ……桜木が最後を迎えた部屋なんです。

横松　えっ……

星野　あの夜、彼はここで自らの命を……

星野の携帯電話が鳴る。

星野　（電話に）あ、はいはい、すぐ行きます。（と、切り）じゃ、また後で。

横松　いや、ちょっと……

星野　コーヒーはすぐお届けします。ここから絶対出ないでください。（と、去る）

横松、閉まったドアの前に立ちすくむ。

やがて振り返り、部屋を見回す。

どこかで低く、風の鳴るような音が聞こえる。

2

九階のエレベーター前。
通路の椅子に凭(もた)れ、居眠りしている袋川。傍らにはノートパソコン。
エレベーターが開き、マスクをした新島利明が出てくる。

新島 コラぁ、寝てる場合か！
袋川 （顔を上げ）……？
新島 探せよ、いないんだったら。
袋川 探すって？
新島 寝ぼけんな！　横松が消えたって、泣きそうな声で電話してきたろ！
袋川 あ、そうなんすよ。探したけど、いなくて、電話かけても、出なくって……
新島 おい、アタマっからちゃんと話せ。お前見張ってたんだろ？

袋川　はい……
新島　じゃ、ドアの前にいたんだな？
袋川　いたんすけど、あそこじゃ作業しにくいんで、じゃ、こっちでやるかって……
新島　離れたのか、ドアから？
袋川　絶対見えますから、出てきたら。だから、ここでいろいろやりながら見張ってようかなって……
新島　じゃ、何でいなくなったんだよ。
袋川　それが、よく……
新島　寝たな、お前？　今みたいにコックリコックリやってたんだろ。

と、言いながら携帯で横松に電話する。

新島　（コールしたまま）出ねえなぁ。
袋川　帰ったとか？
新島　入館証は戻ってない。まだいるよ。
袋川　よかった……

新島　喜ぶな。発熱してんだぞ、ヤツは。クラスターなんか出されてみろ、責任を取らされんのは俺たち外部スタッフだ。

袋川　新島さんは関係ないって、俺ちゃんと言いますよ。

新島　カッコつけんな！　お前がヘマをやらかすたんびに、責められてんのは誰なんだよ？

（と、言いつつ電話を切り）……ヤバいぞ、このままうろつかれると。

袋川　あの、一人知ってんすけど、横松さんを呼び出せる人。

新島　誰？

袋川　サブキャスター。

新島　立花さん？

袋川　誰がかけても出ないとき、立花さんに頼むとすぐ出るって。

新島　へえ、何で？

袋川　好みのタイプだからですよ。来るたんびに食事に誘ったり、あと、通りすがりに、どっかしら触るらしくって。

新島　やりそうだなぁ。

袋川　立花さん、すっごく嫌がってるらしいんすけど、この際だから、頼んでみた方が……

新島、緊張を解こうと一呼吸、立花に電話する。
アナウンス室前で、電話に出る立花さつき。

立花 はい、何？
新島 あの、すいません、今ちょっといいですか？
立花 いいよ、何？
新島 実は、横松さんと連絡がとれなくなって、局内のどこかにいるはずなんですけど。
立花 え、隔離されてんじゃなかったの？
新島 それが、いつの間にか部屋を出られて……
立花 やばくね？　熱あるんでしょ？
新島 はい、それで、それで……
立花 私から電話しろって？
新島 すいません、もし電話が通じたら、九階のエレベーター前に来ていただきたいと。そこで検温しますので。
立花 了解。
新島 あ、それで、すいませんが、このことは、え〜、このことは……

立花　まだ言うな？
新島　はい、あの、はい……
立花　わかんないけど、わかった。（切る）

立花の姿は消える。

新島　（見えない立花に頭を下げ）お世話かけます。すいませんです。
袋川　センパイ、ペコペコし過ぎですよ。もっと普通に喋ればいいのに。
新島　普通ってお前、お前のドジを隠すために、口止めのお願いをしたんだよ、私は。
袋川　それぐらいいいいっすよ。もうチーフディレクターなんだから。
新島　人にダメ出ししてる場合か。カンペはどこまでできたんだよ？

袋川、パソコンの作業に戻る。台本のデータから、カンニングペーパー用に台詞をコピー＆ペーストしている。

新島　（パソコンを覗き）えっ、まだこんなとこやってんの？

袋川　いろいろと中断されて……

新島　自分でも中断したしな。（と、誰かに電話）あ、矢部ちゃん、カンペのペースト頼んでいい？

袋川　やめてくださいよ。俺やってんだから！

新島　（電話に）いいの、できねえくせに吠えてるだけ。じゃね、四枠から後は全部お願い。悪いね。（切る）

袋川　バイトにやらせんですか、俺の仕事。

新島　そのペースじゃ、リハーサルに間に合わない。お前は三枠まででいいから、落ち着いてやれ。

袋川、憮然と手を止めている。

袋川　新島さん、俺が何時間ぶっ続けで起きてるか知ってますか？

新島　知らない。

袋川　じゃ、聞いてくださいよ、何時間起きてるか？

新島　カンペやれよ。せっかく減らしてやったんだから。

袋川　昨日、急に「パンダの赤ちゃん撮影してこい」って言いましたよね。このタイミングで、鬼かと思った。ヤスさんがぶっ倒れてから、俺が大変なの知ってるくせに……

新島　しょうがねえだろ、ヒマネタはいつだって要るんだから。

袋川　パンダこそ、誰かに振ってほしかった。編集に夜中までつき合わされて……

新島　俺はな、わが社的にはお前の先輩だけど、金曜の担当チーフになった以上、全体を考えて指示を出す。ここでお前に楽させたら、身内びいきだって言われるだろ。

袋川　俺、もう限界かも……

新島　一〇分寝ろ。俺がやる。

と、袋川のパソコンを奪い、作業を始める。袋川、床に寝転がる。

袋川　……センパイ、早いっすね。

新島　そりゃ、ＡＤ歴一〇年だからな。

袋川　あり得ない。ＡＤって奴隷じゃないすか。奴隷一〇年はできないよ、普通。

新島　俺に言わせりゃ、ＡＤは機械だ。奴隷だなんて人間意識を持ってるから、自分を惨めに感じるんだよ。

袋川　機械って、もっと惨めじゃないすか。
新島　機械は惨めにならんだろ。プライドが搭載されてないんだから。
袋川　マジ凄ぇ……

新島の携帯電話が鳴る。通路から電話している立花。

立花　あのね、今やっと電話に出た。
新島　よかった！　どこにいました？
立花　それが、言わないんだけど、何か密室にこもってるみたい。トイレの個室じゃないのかな？
新島　トイレ……
立花　見つかったらあの部屋に戻されると思って、逃げ込んだんじゃないの？　とにかく、あそこはイヤなんだって。空気が、空気がとか言ってたな。
新島　空気が悪いってことですか？
立花　誰かから聞いたのかも、あの部屋で何があったか。
新島　ちょ、ちょっとお待ちください。（袋川に）お前、案内したとき、部屋のこと何か言った？　ここで人が亡くなったとか。

袋川　え〜っ、誰か死んだんすか！

新島　わかった、騒ぐな。（立花に）あえて言う人、いますかね。若い子はもう知らないし。

立花　だよね。まぁ、あのお人柄だから、隔離されたのにぶんむくれて、ちびちび復讐してんのかも。

新島　とにかく、検温の結果がよかったら、あの部屋に戻ることはないわけですから、どうかひとつ九階に来ていただきたいと……

立花　はいはい、そこ強調してみる。

新島　助かります。ありがとうございます！

立花の姿は消える。新島、また頭を下げる。

袋川　あそこで死んだって、あの人ですか、あの有名な……

新島　もういい、寝てろ。（と、パソコン作業に戻る）

袋川　知ってたら、意識したかもしれないけど、俺、本人に会ったことないし……

新島　寝とけよ、少しでも。

袋川　横松さんも最初は平気みたいでしたよ。ただ、台本届けに戻ったら、もう顔つきが変わってて、一緒に中にいてくれって。
新島　え？
袋川　それはできないって断ったんすけど。
新島　もしかして、こっちかな？（と、指で頭を突く）
袋川　認知症？
新島　言うなよ、これ。横松、しばらく顔見せなかったろ。あれ、入院してたんだって。肝臓がんだったかな、最近手術したらしい。
袋川　やっぱり……
新島　あのトシで全身麻酔をかけたりすると、影響が残ったりするだろう。異常に興奮するとか、不可解な行動に出るとか。
袋川　そう言えば、変なふざけ方してたなぁ。自虐ネタ連発みたいな。
新島　自虐ネタ？

エレベーターが開き、台本を持った横松が現れる。

横松　（笑顔で）悪い悪い、困らせちゃったみたいだね。
新島　いえ、こちらこそ……
横松　どうもね、あの部屋は空調がおかしいのかな、何か空気がざわついてね。ま、逃げるほどのことはなかったんだけど、ちょうど彼も寝てくれてたし……（と、笑う）
袋川　すいません。
新島　空調はすぐチェックします。
横松　え、戻るとは限らんのだろ？
新島　はい、それはそうなんですが……

すでに、非接触型体温計を持ち、待機している袋川。

新島　では、そろそろ打ち合わせということで、検温よろしいでしょうか？
横松　ちょっと待って。（と、深呼吸）
新島　よろしいですか？
横松　やだよ、なんてな。（と、笑う）
新島　じゃ……（と、袋川に頷く）

袋川、横松の額を目指して体温計を掲げ、ゆっくりと近づいていく。

横松 おい、普通にやれよ、何かコワいよ。
新島 (袋川に)ストップ、普通にやれ。
袋川 すいません。普通に行きます。(と、再スタート)
横松 普通じゃないだろ、それ。(袋川はまたストップ)
新島 いきなりおデコ狙ってんのが怖いんだよ。手、下げて行け。
袋川 はい、じゃ……(と、手を下げてスタート)
横松 目が怖いわ。そんな目で近づくなよ。
袋川 すいません。(と、またストップ)

新島、袋川から素早く体温計を奪い、横松の額にかざしてスイッチを入れる。

横松 不意打ちだね。
新島 すいません。(と、表示を見て)三十七度四分。

横松　それ、合ってる？　こうも同じ数字が続くと疑いたくなってくるよ。
新島　じゃ……（と、ポケットから同じ体温計を出し、素早く検温）
横松　あ……！
袋川　（体温計を横から覗き込み）三十七度四分。
横松　見せろ。

新島、横松に二つの体温計を並べて見せる。

横松　ってことは、どうなるって？
新島　すいません、スタジオには入らず、リモート出演していただくことになるかと。
横松　それ、決まりなの？
新島　はい、星野からそういう指示が来て。
横松　リモートか……
新島　それも、すいません、先ほどの会議室から中継ということになるんですが。
横松　それはないだろ、どっかほかを探してよ。
新島　ただ、あそこしか空いていないと星野が……

横松　（袋川に）おい、探せ。
袋川　え……（と、新島を見る）
横松　（新島に）いいだろ、探すぐらい？
新島　（袋川に）じゃ、そうして。

袋川、携帯を出し、操作しようとする。

横松　あっちでやれ、うんと遠くで。

袋川、去りかけて、振り向く。横松、さらに遠くに追いやるような手ぶり。袋川、通路に消える。

横松　（マスクを直して新島に近づき）これは、ビジネスの話として聞いてほしいんだけど……三十六度台だったことにしてくれないか？
新島　え……
横松　俺は絶対コロナじゃない。ついこないだも検査したし、これは信じてもらっていい。それに、七度四分は四捨五入したら七度だろ。六度台と変わらないよ。

新島 いや、それは……

横松 ここの会長が総理や官房長官とメシを食えるようになったのは、誰のお陰か知ってるか？　俺が紹介したからだよ。だから、報道局長は、何でも俺の顔色を見て決める。たとえば、俺が……（と、新島が首から下げた通行証を見て）新島ちゃんはいいよ、また新島ちゃんとやりたいなぁって言うのと、新島ちゃんはちょっとなぁと言うのでは、君の将来が違ってくる。七度を六度と言うだけで、大きな一歩が踏み出せると思うんだけどなぁ。

エレベーターが開き、星野が出てくる。

星野 あら、こんなところで検温？　で、結果は？

新島 え〜、二台で検温した結果……

星野 どうだったの？

新島 え〜……

横松 俺から言おうか？

新島 いえ……三十七度四分でした。

星野　ああ、残念！　……となると、先ほどの会議室からリモートでということになりますが……

袋川が駆けてくる。

袋川　部屋、空いてました！　通訳ブースが使えます。
新島　やったね！　（横松に）この際、そちらでということでは？
星野　待って、通訳ブースは空いてないはず。私はとっくに調べたけど。
袋川　でも……
星野　あなた、急いで間違えたんじゃないの？
横松　じゃ、もう一度調べてくれよ。とにかく、あの部屋でやるんだったら、俺は帰る。
星野　そうですか。では、甚だ遺憾なことではありますが、本日のご出演は見合わせるということに……

新島、袋川、そろって「えっ！」と声をあげる。

星野　だってしかたがないでしょう。この時間空いているのは、あの会議室だけなんだから。

新島　でも、それだと激論コーナーに穴が……

星野　穴はあきませんよ。萩鷹子先生がいらっしゃるんだし。

新島　じゃ、「新政権の四ヵ月を振り返る」というテーマを、萩先生がお一人で？

横松　それはまずいよ。彼女は政権批判一辺倒ですからね。評価すべきところは、評価してあげる人がちゃんといないと。

星野　そうでしたね。横松さんがそういうご提案をなさって、うちのトップが「そうだ、そうだ」と頷いて、「報道9」は変えられた。リベラル系のコメンテーターが出るときには、「政治的公平性」に配慮して、必ず政権を擁護する人を呼ぶようにと。でも、提案なさったご本人が、帰りたいとおっしゃるんじゃ、今さらバランスもないでしょう。

横松　話にならん。報道局長に来てもらおう。（と、携帯を出してかける）

星野　横松さんのお熱については、報道局長にも伝えてあります。「わっ、じゃ、会うのやめよっかな？」なんて言ってたけど、来てくれるかしら？　それに、あの人、すぐ会長室に飛び込むでしょう？　もう会長もご存知かも。

横松　（携帯を耳にあてたまま）……

星野　あ、時間だ。（と、エレベーターの方へ。ボタンを押し、袋川に）念のため、会議室で打ち合わせの準備を始めて。カメラさんは呼べないので、袋川君、リモート操作はあなたのパソコンでお願い。新島ちゃんは、こっちに残ってもらおうか。

新島 でも、打ち合わせの進行が……

星野 進行は、こっちからやって。私は下で萩先生をフォローする。

新島 はぁ……

星野 さあ、早く向こうで準備を。

新島 はい。

新島、袋川、会議室へと去る。

横松、電話を切る。

星野 出ませんか？　いざとなると、冷たいわね。ふだんはペコペコしているくせに。

エレベーターのドアが開く。星野、乗り込んで、

星野 どうしても、あの部屋がおイヤなら、このままそっとお帰りください。あとの責任は私

がとります。

エレベーターのドアが閉まる。

3

九階の会議室。新島、袋川が入ってくる。
袋川はすぐに、パソコンでカンペの作成を続ける。

新島　空調、別におかしくないじゃない。
袋川　そう思いますけどね。
新島　人騒がせだよなぁ。どうする気だろ？
袋川　星野さんもヘンですよね、通訳ブースが空いてんのに。
新島　それ、蒸し返すなよ。やっぱり空いてなかったことにしろ。
袋川　じゃ、俺がドジったことになるんすか？
新島　カンペ、まだかよ。リモート打ち合わせが始まるぞ。
袋川　本人、来ないじゃないすか。出演する気、あるんすか？

新島、改めて通路の方を見る。

新島 突っ立ってるわ、茫然と。

袋川 星野さんも意地悪かったもんなぁ。倍返しかな、やっぱり。

新島 倍返し？

袋川 だから、番組を去るにあたって、その原因を作った人に……ちょっと凄くないですか。まるで、追い返したいみたいで。

新島 考えるな。機械になってろ。

袋川 あのままほっといていいのかな。またどっかに行かれちゃうと。

新島 呼べってこと、ここに？

袋川 少なくとも、そばについてるとか。

新島 お前行けよ。カンペ代わってやるからさ。

横松、にこやかに入ってくる。

横松　お待たせ！　いや、いろいろと心配かけたね。もう大丈夫ですから。

新島　じゃ、ご出演ということで？

横松　もちろん、言論人としての責任は果たさないとね。萩鷹子の言いっぱなしにはさせられないよ。

新島　ああ……

横松　で、どこにスタンバイすればいいの？

新島　え〜、とりあえず、ここに坐っていただいて。彼のパソコンで中継をいたします。（袋川に）おい、まだか？

袋川　カンペ完了、プリンターに送信しました！

新島　じゃ、リモートに切り替えろ。（横松に）すいませんＢＳは予算がなくて。

五階の打ち合わせ室の雑音が聞こえてくる。
同時に星野と立花の姿が見える。同席している他の人々の姿は見えない。

袋川　はい、つながりました。

新島　（パソコンのモニターを覗き込み）星野さん、お待たせしました。横松先生も、もうこちらにいらっしゃいましたので、いつでも始められますが。……星野さん、星野さん、聞こえますか？

袋川　え、聞こえてるはずだけど。

新島　星野さぁん？

星野　はい……

新島　横松先生がお戻りですので、激論コーナーの打ち合わせを始めてもよろしいでしょうか？

星野　はい、どうぞ。

横松　（笑う）やる気なさそうだなぁ。俺が戻ってがっかりしたんじゃねえの。

新島　先生、聞こえてますから。

横松　あ、そう。（と、あえて大きな声で）星野さん、ご心配かけましたが、復活しました。私はもう、やる気満々です！

星野　そうですか、空調はもうよろしいんですか？

横松　空調は……よくもないけど、短い時間だから、我慢しますよ。

男の声　横松先生、メインキャスターの中本です。今日はよろしくお願いします。

横松　おお、ナカモっちゃん、久しぶり、よろしくね！

中本の声　萩鷹子先生もお見えですよ。
横松　あ、萩先生、横松です。今日はこんな形ですみません。どうかひとつ、お手やわらかに。
萩の声　こちらこそ、どうぞよろしくお願いいたします。
立花　サブキャスターの立花です。
横松　あ、さつきちゃん、さっきは面倒かけちゃったね。
立花　いえいえ、今日は楽しみにしています！
新島　え〜、ということで、「報道9」、本日の台本二十一ページ、「激論9」のコーナーの打ち合わせに入ります。よろしくお願いいたします。

皆から一斉に「よろしくお願いします」の声。

新島　本日のテーマは、「新政権の四ヵ月を振り返る」ということで、四つの観点から論じていただくことになりますが、まず初めに総論と言いますか、全体的な印象をお二方それぞれに語っていただけたらと思います。では、まず横松先生から、台本の「お答えください」と書いてある部分ですね、実際には三分くらいお話しいただくことになりますが、今は、ざっと方向性だけということで、どうぞ。

横松 そうですね、新政権は、スタート早々いろいろ波乱はありましたが、大まかな印象としては、非常に……手堅い。総理も、その……実に適切に言葉を選んで、その……野党の追及を見事にかわし……おい、何で笑うんだよ。

新島 は？

横松 今、笑ったろ。

新島 いえ、笑ってませんけど……

横松 （袋川に）じゃ、君か？

袋川 いえ……

新島 彼も絶対笑っていません。

星野 ストップ！　どうしたの？

新島 あ、え〜、少々お待ちください。（横松に）あの、大丈夫ですか？

横松 ごめんごめん、気のせいでした。つまりね、総理は手堅いということを言いたかったわけで、たとえ、同じフレーズを繰り返していると言われようと……

横松の耳に、風の音が聞こえてくる。そのうねりは次第に大きくなる。

横松　……それは、そうするしかないからで、つまり、本当のことを言ったら、大変にまずいことになる。それで、ただひたすら、下を向き、秘書官から渡されたペーパーをぼそぼそと読み上げている。野党の追及にはしどろもどろで……

五階の打ち合わせ室のざわめきが聞こえてくる。

新島　すいません、止めます！　（横松に）先生、ちょっといつもと感じが違いませんか？　批判はたぶん、萩先生がなさいますので、先生はどうぞ心置きなく、いつものように。

横松　もちろん、そのつもりだけどね、ちょっと前置きが長かったかな。

星野　横松さん、じゃ、印象としては「手堅い」ということでよろしいでしょうか？

横松　はい、まぁ。

星野　新島ちゃん、先に行こうよ。

新島　了解です。では、萩先生はどのように見ておられるでしょうか？

萩の声　もう、国会を見るたびに驚きなんですけど、総理には、とにかく自分の言葉がないというか、変化球が来ると、まるで答えられませんよね。なぜかと言うと……

横松の耳に、また風の音。萩の声がかき消されていく。

横松　そう、自分の言葉で人を共感させたことがないからだ。共感させて、人を動かすことができず、力で脅して屈伏させるしかなかったからだ。彼の言葉は、本心を隠すための道具でしかない。それは、言葉に対する裏切りだ。言葉を裏切る者の言葉は、本人にだってうつろに響く。だから……

横松、すでに立ち上がっている。

横松　だから、あんな暗い目になるんだ！

皆、ただ呆気にとられていたが、

星野　ストップ！

新島　はい、ストップです！

星野　新島ちゃん、休憩にして。今電話する。

新島　了解です。いったん休憩にしましょう。どうぞ、お楽に……

キョトンとしている横松。

袋川は少しでも休もうと、椅子に坐って目を閉じる。

新島の携帯が鳴る。

新島　はい……ええ、あの……（と、横松から離れた位置に移動）特にそうは見えなかったんですけど……はい……はい……

横松、ス〜ッと出ていく。

新島　そうですね……わかりました。じゃ、そういう方向で、はい。

と、電話を切る。振り向いて、横松がいないのに気づき、ドアの方へ走る。通路を見て袋川に、

新島　起きろ！　また逃亡だ！

袋川　え……？

新島　とにかく、来い！

と、去る。袋川も続く。

五階、「報道9」打ち合わせ室前の通路。

星野が打ち合わせ室から出てくる。複雑な表情で通路のベンチへ。続いて、立花が出てくる。

立花　困りましたね。

星野　うん……

立花　もしかして、認知症？って話も出てますけど。

星野　実はね……やらかしちゃったんだ、私。もともと、そんなつもりはなかったのよ。できるだけ平常心で「報道9」を去るつもりだった。でも、彼が七度四分だって聞いたとたん、自分でもびっくりするくらい、よじれたエネルギーが湧いてきて、それで、閉じ込めたの、あの部屋に。

立花　じゃないかと思った。言ったんですね、桜木さんがここで……って？

星野　（頷き）罪深いよね。最後の日に自らこんな混乱を招くなんて。
立花　でも、星野さんは事実を伝えただけじゃないですか。それで混乱したのは、横松さんに、その理由があったからで。
星野　そう思いたいけど、事実じゃないことも言ったのよ。桜木さんが、最後まで横松さんを慕っていたって。ホントは軽蔑しきっていたのに、彼は社会部時代のあなたを一生胸に抱いていました、とか何とか……
立花　わぁ、じゃ、あのご乱心は、そっちの影響？
星野　たぶん、虚栄心が激しく満足させられたわけね。でも、その喜びが、直後に彼を苦しめる。慕われていたのは、過去の自分なんだから。それで、行ったり来たり、行ったり来たりになったんじゃないかと……
立花　面白過ぎる……
星野　私も、ちゃんと困れないで困ってる。何だかおかしくってしょうがないの。

と、笑い出す。立花もつられて笑う。

星野　ダメダメ、対処を考えないと。

立花　ほっといたらどうですか。恥をかかせてやりましょうよ。

星野　え……

立花　私、星野さんのおとなしい去り方に満足していません。在京キー局の番組制作の現場には、未だに女性の最高責任者がゼロなんですよ。プロデューサーやディレクターには女性が増えてはきてるけど、テレビという影響力の強いメディアから流れるのは、相変わらず制作トップのオヤジたちの意思ばっかり。それが世論を形成していく。そんな中で星野さんは、「報道9」をわが局の良心と言われるまでに育てた。どうしてもっと暴れないんです。こんなミエミエの更迭に対して。

星野　それはもう話したでしょう。暴れたってどうにもならない。私はただ、どこにステージを移しても、最善をつくすことで闘っていくだけ。

立花　星野さんがいなくなったら、ナカモっちゃんのオレ様ぶりはもっとひどくなりますよね。新しいチーフプロデューサーも、ただのヒラメ社員だし。私、いつまでグラフの説明ばっかりさせられるのか。

星野　私たち、会えなくなるわけじゃないんだから、これからもいろいろ相談しようよ。私ね、アーカイブ室に行くのがだんだん楽しみになってきたの。ちょっと研究してみようかなって。

立花　研究？

星野　日本のジャーナリストは、なぜこうも権力に弱いのか、歴史的、構造的に考えてみたい。アーカイブ室長は「なんちゃって管理職」だから、きっと時間がいっぱいある。資料はとにかく豊富だし、至福の時間に変えてみせるわ。

立花　悲しい、星野さんから、そんな負け惜しみを聞かされるのって。

星野　まあ、見ててちょうだいよ。私がまず研究対象に絞り込んだ人、誰だと思う？

立花　桜木さん？

星野　いいえ、今混乱のさなかにある人。

立花　横松さん！

星野　そう。彼の社会部時代の映像が出てきたの。まぁ、今とまるっきり逆のこと言ってるわ。なぜ彼は、ここまで変わってしまったのか？

立花　でもそれは、取材をするうち、政権に近づき過ぎて、取り込まれたからでしょう？

星野　それは確かなことだけど、でも、それだけじゃない。彼は落とし穴にはまったの。

立花　落とし穴？

星野の携帯に、ラインの着信音。

星野　おっ、ナカモっちゃんがお呼びだわ。じゃ、後で。

と、打ち合わせ室に入っていく。
立花も続いて、打ち合わせ室の方へ。携帯が鳴る。

立花　（電話に出て）はい？　……え、横松、またいなくなったの？　……そう、九階は全部見た。わかった、じゃ私からまた電話を……

ふと見ると、横松が目の前を横切っていく。

立花　って、いた。わかんないけど、目の前に……はい、はい、そうします。（と、電話を切り）横松先生！

横松　……？

立花　どうしましたか、ここは五階ですよ。

横松　あれ……？

立花　いつもの打ち合わせ室の前だから、間違えたのかな？
横松　ああ、どうも今日は勝手が違って……

　　と、通路の椅子に腰かける。

立花　そうみたいですね。（と、慎重に話を聞く態勢）
横松　あの部屋はね、やはりあの部屋は……
立花　空調、ですか？
横松　いや、あそこにいると、どうしても……桜木が思い出されて。
立花　星野から聞きました。社会部時代の横松先生を桜木はずっと胸に抱いていたって。
横松　それ、もう言わないでよ。今さらそんなの聞かされたって、いったいどうすりゃいいんだよ。
立花　でも、そこまでになるってことは、横松先生だって、桜木のことが……
横松　可愛い奴だった。優秀な男だった……

　　と、マスクを持ち上げて涙を拭く。

横松　あいつがあの部屋で死んだ夜、俺は赤坂で飲んでいた。別に悪いことじゃない。でも、あの部屋にいると、桜木の目から飲んでる俺が見えた気がして、それが、何ともやりきれなくて……

立花　今日のご出演、どうなさいます？　もし、ご無理なようなら早めに伝えた方が……

横松　穴はあけたくないいんだけどね。

立花　でも、体調は最優先ですよ。それに、内閣広報室はニュース番組の出演者の発言を徹底監視してますよね。今日は萩先生がターゲットになってるはずだけど、もし先生がさっきみたいに総理を批判してしまったら、その記録が残りますし……

横松　ああ……

立花　新総理との信頼関係を築くべきこの時期に、それはまずいんじゃないですか。

横松　いや、彼だって頼りにしてくれてるけどね。

立花　でも、前総理との間ほど親密な関係はまだでしょう？　入院によるロスタイムもありましたよね。その間に、某通信社の論説副委員長が、総理の補佐官に採用されたし……

横松　あいつ、前政権を批判してたんだぞ。その継承をするという現政権に、どうして、のこのこ入れるんだよ！

立花　でも、総理から直々に打診があったそうじゃないですか。

横松　その割には役に立ってないね。あんな答弁をさせちゃうんじゃ。

横松、急にキビキビとエレベーターの方へ。

上階へのボタンを押す。

立花　先生、どちらへ。

横松　九階の会議室だよ。今日が復帰第一日目だ。新政権へのコメントで、いいスタートを切らなければ。

エレベーターが開く。横松、乗り込む。

立花　待って、私もご一緒します。

と、続く。さっそく立花に手を伸ばす横松。

エレベーターのドアが閉まる。

4

九階の会議室。新島がデスクや椅子を消毒している。

袋川、床で寝ている。

新島 そろそろ起きろ。始まるぞ。

袋川 始まるって、できるんすか？

新島 とにかく、横松がこっちに来る。もうエレベーターに乗ったってよ。

袋川、飛び起きる。

新島 そこのドアも開けとけよ。（と、非常口のドアを示す）

袋川 非常口じゃないすか。

新島　換気だよ、この際。

　　袋川、非常口のドアを開け、寒さに身を縮める。

袋川　またストップするだろうなぁ。あの人、イッちゃってますよね、完全に。
新島　考えんな。星野さんが、もう一度だけやってみて判断するって言ってんだから。

　　横松、続いて立花が入ってくる。

横松　今日は何かとすいませんね。今、さつきちゃんともちょっと話して、だいぶスッキリしたんでね。
立花　私、こっちについてます。星野さんにはもう言ってある。
新島　そうですか。じゃ……

　　と、袋川に指示。袋川、パソコンのリモート操作を再開する。
　　五階の雑音が聞こえてくる。星野の姿も見える。

袋川　皆さん、もう集まってます。

新島　星野さん、横松先生が戻られました。立花さんもこちらにいます。打ち合わせを再開してもよろしいでしょうか？

星野　はい、お願い。

横松　そちらの皆さん、どうもお騒がせいたしました。もう、あんなことにはならないように、心して参りますんで。

中本の声　先生、悪ふざけが過ぎますよ。

横松　いや、ナカモっちゃん、悪い悪い。

五階から笑い声。九階の皆も笑う。

新島　では、「激論9」の打ち合わせを再開します。え〜……

星野　新島ちゃん、もう次のテーマからいっていいんじゃない？

新島　そうですね。では、「新政権の四ヵ月を振り返る」、総論に続いて、各論と言いますか、まず日本学術アカデミーですね、会員に推薦されていた六名の方々が総理に任命を拒否されました。これについて、横松先生、いかがでしょう。

横松　妥当な判断だったと思いますね。総理は新政権の目標として、「悪しき前例主義の打破」を掲げた。これがまず、その第一歩と言えるでしょう。学術アカデミーは行政機関の一部と位置づけられているわけですから、総理が人事権を行使するのは当然のことであって……

星野　それが、法律に触れるという指摘もありますが？

横松　その指摘は当たりませんね。これについては、内閣法制局も全く問題ないと認めている。

星野　それこそ大問題じゃないですか。国会に何の報告もなく、内閣府と法制局がこっそり法解釈を変えたんですから。

新島　星野さん、すいません、打ち合わせなんで。ということで、萩先生、これについては？

萩の声　これはどう見ても、政府に批判的な学者を排除しようということですから、「学問の自由」への介入として、極めて重大な問題だと……

横松の耳に、風の音が聞こえてくる。

横松　そうだよ、極めて重大な民主主義の危機だ。だが、世論調査の結果はどうだ？　この任命拒否について、「問題だ」と答えたのは僅か三割。ほとんどの国民が、これでいいと思っている。それは、お前らがちゃんと伝えてこなかったからだ！　学術アカデミーのあり方に問題があるという、政府の論点すり替えが、まかり通っているからだ。

五階から、ざわめきが聞こえてくる。

横松、立ち上がり、袋川の持つパソコンに向かって近づいていく。袋川、戸惑いながら、後退する。

新島　すいません、止めます！

横松　なぜもっと伝えない、学者をこのように選別し、政府の言いなりにさせようとすることが……

新島　星野さん、止めていいですよね？

星野、ただ茫然とモニターを見ている。

横松　どんな社会を招くことになるか、国民にどんな不利益をもたらすか、なぜもっと伝えない？

新島　（袋川に）消せ、オフにしろ！

そのとたん、横松は袋川のパソコンを奪う。

中本の声　新島ちゃん、こっちで消すわ。

新島　すいません、お願いします！

横松　（パソコンの画面に向かい）パンケーキの朝食会に、行くか行かないかで悩んでいる場合じゃない。

新島　先生、もう切れてますから。

横松　学問の軽視は、国民から健全な批評精神を奪う。なぜなら、学問というのは……

立花　先生、言っても聞こえませんから。

横松　学問というのは、常に現状に疑問を投げかけるものだからだ。これでいいのか、こうじゃないのかと、既成の概念を塗り替えていく。それが、社会の発展に……

新島、袋川に目配せ。二人、横松からパソコンを奪おうとする。

新島　先生、失礼します。
袋川　すいません、ちょっとその手を……
横松　社会の発展に……
立花　失礼します。（と、横松をくすぐる）
横松　（一瞬笑うが、パソコンは放さず）欠かせないんだ！

横松、立て続けに咳をする。新島、袋川、立花は飛びのく。

横松　（パソコンを抱きしめ）だからね、だから……おらたちは伝えなければなんね。どんだけ政権さ睨まれっとも、報道さ関わる者たちゃぁ、勇気さもって、伝えなければならねことを国民さ……

星野が飛び込んでくる。
すでに非常口の外に出ている新島、袋川、立花。

星野　みんな、あっちで待機してくれる？　私、少しお話しするから。

新島　了解です。

三人、中に入ってくる。

袋川　すいません、それを……

と、横松が抱えているパソコンに手を差し出す。

横松、無言で返す。

新島　じゃ、すぐそこにいますんで、何かあったら呼んでください。

星野　ありがとう。

三人、通路側のドアから出ていく。

星野　どうもすみませんでした。

横松　……

星野　こうなったのは、私のせいです。今さら言うのも申し訳ないんですが、桜木について、いくつか事実と違うことを、事実のようにお話ししてしまいました。……つまり、その、桜木は横松さんを慕い続けてはいませんでした。彼の中では、もう遠い過去の人だったんです。ですから、自分を攻撃する意見広告にお名前を見つけても、涙を流すなんてことはなかったし、社会部時代の松さんの話だって、それに比べて今は何だって話のマクラとして出ただけで、ごめんなさい、ひどい言い方を、ただ、そういうわけですから、彼が亡くなったことと、横松さんのなさったことが関係あるとは言えません。どうか、お気になさらないで……

横松　……

星野　私の出来心でこんなことになってしまい、何とお詫びをしたらいいのか。報道局長にはすべてを伝えて、始末書を提出するつもりです。横松さんの今後のご出演には支障がないよう、できる限りのことをいたしますので、今日のご出演は見合わせた方が……

横松　桜木は、僕を慕ってなかったんですね？

星野　はい、すいません……

横松　いや、ホッとしました。ただ、そうだとすると、あの夜の電話は何だったのか？

星野　あの夜って？

横松　あいつが死んだ夜ですよ。時間からして、ここからかけてきたんじゃないかな。桜木から電話があるなんて、何年ぶりのことだっただろう。出るか出ないか迷いながら、ちょっと嬉しかったのを覚えている。でも、すぐに意見広告への抗議だと思って、あえてへっちゃらな態度で出た。おう、久しぶりだね、元気？　あいつはしばらく黙っていた。俺のいた店からは、やけに陽気な音楽が流れて、それに混じって酔っ払いの声が……それが、あいつの耳にどう響くか、だんだん気になり出したころ、つぶやくような声が聞こえた。俺は、あんたのようにはならない。

星野　それで？

横松　切れた。たぶん、この一言を言うためだけにかけてきたんだ。

星野　俺は、あんたのようにはならない……

横松　そう言ったあと、亡くなったんだから、やはり彼の死と私は関係していることになりませんか？

星野　でも、横松さんは、何もおっしゃらなかったんでしょう？

横松　ええ、何も……

星野　だったら、それが影響したはずは……

横松　そもそも彼には議論する気などなかった。一方的に伝えたかったんでしょう。あんたのようにはならないと。

星野　そこまで言っておいて、なぜその直後に……

横松　そうするしかなかったんじゃないですか。私のようにならないためには。

星野　ということは……

横松　なりそうだったんですよ、私みたいに。

星野　まさか、あ、失礼！

横松　ええ、もちろんまさかですが。だんだん、そんな気がしてきました。

星野　桜木はあらゆる圧力に対して、果敢に闘っていました。原発事故の報道だって、タブーとされる金権問題や健康被害についても、忖度せずに切り込んだし……

横松　でも、闘いきれなかったわけでしょう。

星野　あれだけの嫌がらせを受ければ、誰だって気が滅入るじゃないですか。彼は疲れたんですよ、疲れてちょっと休みたくなった、そして……

横松　私のようになりそうになった。

星野　それは絶対ありません。桜木が横松さんのようになるなんて、ごめんなさいね、あり得ません。

横松　桜木には、圧力だけがかかっていたわけじゃない。おそらく政権からの甘い誘いもあったはずです。会長を通して言ってきたんじゃないのかな。総理との食事会にいらっしゃいませんか？　官房長官が、桜木さんのご意見を伺いたいと言っています。オフレコの懇親会に来ませんか？

星野　すべて断っていたはずです、私の知る限り。

横松　俺だって、最初のうちはそうだった。

星野　このお話、とても興味深いです。また日を改めてお聞かせいただけませんか。ということで、今日のところは……

横松　一つだけ聞かせてください。桜木がこう言ったのは本当ですか？　松さんは落とし穴にはまってしまった。自分でそれに気づいていない。これも事実と違うんですか？

星野　いえ、本当にそう言いました。

横松　「落とし穴」ってどういう意味です？

星野　日本人って、少数派でいることが苦手じゃないですか。自分がちょっと違うなと思うことでも、空気を読んで、とりあえず多数派に合わせてしまう。「それを意識しているうちはまだいい」と桜木は言っていました。つまり、自分に嘘をついているという自覚があるうちは。それがなくなってきたとき、人間は「落とし穴」にはまるんだそうです。特に、報道に関わる者がその落とし穴にはまったら、それは怖いことになると。

横松 ほう……

星野 知識人ほど、落とし穴にはまりやすいんだそうですよ。知識人は理論で物事を把握しようとする。だから、自分が正しいと思うことを理論立てて証明すれば、世の中も正しく変わると信じている。ところが、人は理論だけでは動かない。多数派の空気で動くんですから。知識人は、だんだんこのギャップに耐えられなくなる。そして、このギャップを埋めようと、新たな理論を展開する。それはもう、空気に合わせるための屁理屈です。でも本人には、それが理論の発展に思える。ここにおいて、彼の理論と世の空気はようやく一致を見たわけですから。もう何も後ろめたいことはない。こうやって、かつて多くの知識人が、自分への裏切りを意識せずに、戦争協力へとなびいていった。松さんにも、これと同じことが起きたんだって。

横松 へえ、そうですか。

星野 桜木はそう言っていましたよ。松さんは、ただ金に転んだんじゃない。権力に取り込まれるその前に、大衆への深い絶望があったんだ。命を振り絞るようにして真実を伝えても、大衆は目覚めるどころか、相変わらず、不正にまみれた政権を支持し続ける。その孤独に耐え切れなくなって、理想を捨て、現実の方に歩み寄ったと。

横松　それ、桜木が自分を語ったんじゃないですか。それを認めたくないもんだから、松さんを引っ張り出しただけで。

星野　そうでしょうか。今となってはわかりませんけど。

横松、コートの袖に手を通す。

星野　お帰りになりますか?

横松　そうした方がよさそうだ。

星野　私、嘘をついたと思っていたけど、桜木はやっぱり松さんを慕っていたのかもしれませんね。だって、死ぬ前に、嫌いな人に電話をかけたりするかしら?

横松　……

星野　すいません、よけいなことを。でも、もしあれが、罵倒の言葉じゃなくて、松さんへの最後の呼びかけだったとしたら……

横松　俺は、あんたのようにはならない、が?

星野　そう言えば響くものが、まだ横松さんの中にあると信じて、呼びかけたんじゃないですか?　松さん、ホントはまだそこにいるんだろって。

横松、星野に背を向けてぐったりと坐る。
星野、声がかけられずに見ている。

横松　星野さん、やっぱり出演させていただけませんか？　久しぶりに、松さんに戻ってみたくなりました。

星野　え……？

横松　ここに、あるメールに添付された文書が入ってるんですが、間違いなくスクープになりますよ。（と、携帯を取り出し、操作して見せる）

星野　この、「通信簿」って文書ですか？

横松　どうぞ、開けてみてください。（と、携帯を渡す）

星野、文書を開き、しばらく見入る。

星野　これ、学術アカデミーの……

横松　ええ、会員候補一〇五名の採点表です。

星野　じゃ、この名前の横の数字が？

横松　そう、政府の法案に反対を表明していたら、マイナス一点。反対する会に入っていたら、マイナス二点。反対する会の発起人だったらマイナス三点と、政府に反対する度合いが強くなるほど、マイナス点が増えていく。

星野　こんな採点、誰が？

横松　私がやったんです。これまでも調査研究という名目で内閣官房機密費から資金を提供されていましたが、これもその一環で。

星野　じゃ、調査研究って、国民の思想傾向についての？

横松　ええ。左翼の台頭を防ぎ、政府を擁護する保守系の言論を活性化させるためのね。官房機密費をもらって世論の誘導に励む知識人はけっこういますから、私のほかにも採点した人がいるかもしれない。任命を拒否された六人は、マイナスの総合点が高かったんでしょう。総理はこれまで国会で、六人の思想信条は任命の拒否に影響していないと説明してきた。虚偽答弁の動かぬ証拠として、これはスクープになりますよ。

星野　じゃ、これを、つまり、今日……？

横松　「激論9」で、私が突然告白するってのはどうでしょう？　皆さんは知らなかったことにしてもらっていい。番組を去るあなたへの、せめてものはなむけとして、私にやらせてもらえませんか？

通路側のドアから、ためらいがちに新島が出てくる。続いて、立花。

九階のエレベーター前。星野、新島、立花が来る。

新島　危険過ぎますよ、星野さん。これはやめておいた方が……

星野　まだ、やるとは言っていないでしょう。

新島　でも、その顔は、もう……

床に寝ている袋川。

星野　ああ、何という眺めだろう……！

新島　すいません、こいつ限界来てるんで。

立花　間違いなくスクープにはなりますよね。今年の新聞協会賞は、いただきって感じですよね。

新島　すいません、今、そういう話は……

星野　あなたね、何か言う前にいちいち「すいません」ってつけるのやめて。

新島　すいません。でも聞いてしまった以上……

星野　何で聞いたのよ、聞かなければよかったのに……

立花　私は聞いてよかったです。心の準備ができた方が。

新島　すいません、それちょっと、やる方向になってませんか？　横松さんには認知症の疑いもあるんですよ。あの採点リストだって、本物かどうかわかんないんだし……

立花　認知症の人に、あんな複雑な採点リストが準備できる？　今日の彼が変だとしても、あれはたぶん本物よ。

むにゃむにゃ呟き、寝返りを打つ袋川。

星野　ああ、ここでは考えられない。一人になって結論を出します。（と、エレベーターの方に向かうが）もうっ、階段で行く。

と、足早に去る。

新島　すいません、星野さん！

立花　追いかけないで、しっかり考えてもらおうよ。

新島　あんなリストを公開したら、大変なことになりますよ。それこそ、政権が倒れることになるかもしれない。しかもそれがガセネタだったら……

袋川　えっ、何か公開するんすか？

新島　うるさい、寝てろ！

立花　新島ちゃん、落ち着いてよ。たとえ、あのリストを公開するにしたって、新島ちゃんは知らなかったことにしていいんだから。すべては、横松が勝手にやった、ハプニングってことになるんだから。

新島　でも、採点リストは、口だけの説明で済むんですか？　画像が必要になるでしょう。

袋川　画像、やりましょうか？

新島　わかんないくせに発言するな！

立花　（袋川に）頼む。横松の携帯に、ある秘密文書が入ってるわけね。それを、今日、「激論9」の最中に見せちゃう……かもしれなくて……

新島　ただ、それでパネルなんか作ったら、ハプニングにはなり得ない。ハプニングにするためには、横松さんがいかにも自宅で用意してきたみたいな、シロウトっぽい拡大コピーにしておかないと……

袋川　それを四つ折りにして、台本にはさんでるって感じはどうすかね？

新島　わかんないくせに、発言するな！

立花　いいかもいいかも、リアルリアル。

新島　でもそれ、ナカモっちゃんがびっくりし過ぎちゃいますよ。当然、止めようとするじゃないですか？　それでも止まらなかったら、たぶん、俺の方を見て、「CM行けよ」って目でサインする。そしたら、俺、「CM行け」って、サブ（副調整室）に指示しなきゃなんないでしょう。

袋川　えっ、それ気づかないフリしたら？

新島　バカバカバカバカ、相手はメインキャスターだぞ。そしたら声に出して言うよ。「いったんCM行きますか？」って。

立花　言われても、ほっとくって手もあるよ。

新島　すいません、どうやってやるかって話じゃなく、やったらどうなるかってことを話してるって認識でいいですか？

立花　だとしても、サブの中には、星野さんがいるわけよ。もし、新島ちゃんが「CM行け」

って指示を出しても、星野さんが「行くな」って大声出したら、スイッチャーさんはCMボタン、押せないよ。

袋川　それ、ありっすね。

新島　バカお前、サブにはプロデューサーが二人いる。あのオッサンたちが「CM行け」って騒ぎ出すに決まってる。

立花　でもチーフは星野さんなんだから……

新島　今日で去る人なんですよ。今日で最後のチーフですよ。

立花　星野さん、やると決めたら、命かけると思う。

新島　報道局長が飛び込んできますよ。もしかしたら、政治部長も。

立花　絶対、来ない。あの人たち、BSのニュースは見ないもん。

袋川　できそうっすね。何分稼げばいいんですか？

新島　お前なぁ……

立花　新島ちゃん、心配するのはわかるけど、これは国民に知らせるべきニュースじゃない？六人の学者が任命拒否された理由をはっきり書いた文書が出てきたんだよ。

袋川　えっ、そうなんすか！

立花　その選定に関わった本人が、すべてを告白しようとしてるんだよ。

袋川　えっえっ……

新島　寝てくれ、頼む！

立花　騒ぎになるのを恐れる前に、これを伝える意義について、まず考えるべきなんじゃない？

新島の携帯が鳴る。

新島　（出て）はい……はい……聞こえてます……わかりました。（切る）星野さん、やるそうです。萩先生にだけ伝えたって。

立花　じゃ、萩先生もＯＫしてくれたんだ？

新島　はい、もうノリノリだとかで……

立花　で、打ち合わせはどうするって？

新島　時間がないので、もう打ち切ると。

立花　了解。ということで、スタジオ入りするか。

と、エレベーターのボタンを押す。

立花　心配しないで、新島ちゃんには迷惑かけない方法を考えるから。
袋川　俺、何かやることあったら……
立花　（新島を気にして）そうね、でも……

エレベーターのドアが開く。

立花　（エレベーターに乗り）ま、星野さんと相談して連絡する。

エレベーターのドアが閉まる。

新島　……終わったな、俺も。チーフディレクター、今日が最後だ。
袋川　えっ、辞めるんすか！
新島　バカっ、辞めさせられるんだよ。たぶん、それはお前もだ。何かあったら、真っ先に責任取らされるのは、俺たち外部スタッフだ。結婚も……ないだろうなぁ、この先。子どもも……持てないな、一生……

袋川　え、そこまで行きますか？

新島　十年かかってチーフディレクターになったのに。何だよ、これは。どうしてこんなについてないんだ、俺は……

袋川の携帯に、ラインの着信音。

袋川　おっ、来た。（読んで）協力頼む。

新島　やめとけ……

袋川　リストの印刷、シロウトっぽくお願い。

新島　やめろ！

袋川、エレベーターのボタンを押す。

新島　行くなよ、おい。

袋川　俺、参加します。どうせクビになるんなら、国民に知らせるべきことを知らせます。

新島　カッコつけんじゃねえ！

エレベーターのドアが開く。

乗り込もうとする袋川。新島、止めようとする。

新島　行くな、せめて知らなかったことにしろ！

袋川、新島をエレベーターの外に投げ飛ばす。

袋川　俺、もうどうなってもいい。何か、とんでもないことがしてみたい……

エレベーターのドアが閉まる。

5

アーカイブ室、星野が入ってくる。ふと、考え込むように立ち止まった後、デスクへ。パソコンを操作する。

大型テレビの画面に、横松が現れる。二〇〇二年二月、ある市民団体の集会で講演したときの映像。[*2]

横松 ……ところで皆さん、内閣官房機密費というのをご存知ですか？　内閣官房長官の独断で自由に使えるお金ですが、年間約十二億円ありまして、領収書は要らない、会計検査院のチェックも受けなくていいということで、「政権の裏金」とも言われております。ところが、二〇〇一年二月に、官房機密費について説明した内部文書の存在が明らかになって、その実体が見えてきました。いったいどんなことに使われていたのか？　これがまぁ、知れば知るほどあきれてしまうんですが、まず与党のセンセイ方の高級背広代、海外旅行の際の餞別、総理経験者への盆暮れの付け届け、パーティー券の購入と、とても国家機密とは思えないことに莫大な金額が投入されている。これにも増して問題なのは、この機密費が国会対策費として、野党の反対を封じ込めるために使われていたということなんです。時の政府は、消費税導入が長年の悲願でした。ところが、世論や野党の反対で厳しい状況にあったわけです。そこで、野党を分断するために官房機密費が使われた。どう使われたか？　与党のセンセイ方に、接待する野党議員を割り振りまして、連日連夜、高級料亭で飲ませて食わせて、お車代は百万円という、とんでもない接待が行われたんですな。その結果、十億円もの機密費が使われた後に消費税法が成立しました。十億円ですよ。これみんな、皆さんの税金ですよ。議会制民主主義が金で売り渡されたわけですが、残念ながら、これを正面から問題にした報道はそう多くありません。なぜか？　テレビや新聞などの記者クラブメディアにも、機密費が流れていたからだと私は見ています。また一昨年には、機密費をもらった政治評論家の極秘リストが写真週刊誌に暴露されました。名前の出た評論家は、怒って否定しておりますが、彼らの言っ

＊2　「映像」は、「早送り」やスタジオでの場面もふくめ、あくまでも「映像」に見せかけた舞台上での実演であることが望ましい。横松は衣装等の早替えで「映像」の中の姿になる。

ているこど、書いている文章を読めば、ああ、これはもらったなということが一目瞭然です。まぁ、私はしがない社会部の記者ですから、そんなお誘いは来ないでしょうが、記者たちもまた、試されているわけで……

ノックの音。

新島の声　すいません、新島です。
星野　（映像を消し）はい、どうぞ。

新島、入ってくる。

新島　すいません。チーフにこんなことを言うのは、許されないとわかっているんですが……
星野　新島ちゃんは知らなかったことにしていいのよ。ストップ、ＣＭ行けって叫んでくれていいんだから。
新島　できれば、それはしたくないです。今からでも、横松さんの出演を取りやめるわけには……

星野　ここにいていいの？　オープニングのリハがあるでしょ？

新島　すいません、それは任せてこっちに来ました。星野さん、これを実行した場合のことについて、どれぐらい想像がついてますか？　僕は、もう取り返しのつかないことになるんじゃないかと……

星野　新島ちゃん、わかってる？　これは、突然起きることなの。今、それを知っているのは横松さんだけ。私ですら、事が起きて、初めて知ったことになる。私の責任は、そこから生じることになるでしょうね。事が起きても、止めなかったと。でも、ほかの皆さんは私の指示に従っただけ。責任をとるのは私だけ。

新島　星野さん、アーカイブ室長のポストも失うことになりませんか？　もしかしたら、この局を出ていくことに……

星野　これを報じたら、報じた者がどうなるか、それしか考えられないのはおかしいよ。政府は、任命拒否の理由を説明しないと言い切ったのよ。それは、この問題だけにとどまらない、議会制民主主義の否定でしょう。これを放っておいたらどうなるか、そっちの方を心配しようよ。

新島　すいません、でも、任命拒否の理由については、もういろいろ取沙汰されています。それを裏づけるペーパーが出てきたからって、今さら……

星野　スクープなのよ。政府の嘘が暴かれる。あの言い分がもう通用しなくなる。

新島　すいません、でも視聴者にそんな関心はあるでしょうか？　任命拒否の理由を知っても、怒るどころか、自分たちにどう関係するのか、ピンと来ない人が多数派でしょう？

星野　そんな多数派ができたのは、報道が使命を怠ったから。政権に忖度する局のトップに忖度して、批判を避け、踏み込んだ報道をしてこなかった。多くの疑惑を残したまま去った前総理についての検証もこのままでいいわけない。任命拒否は、前政権から受け継いだ、負の遺産でもあるんだから。

新島　横松さんは、そういう政権の協力者でした。政権と長らく共犯関係にあった人物を、なぜ急に信じることができるんです？

星野　ええ、ええ、その通りでしょうけれど……

　　と、パソコンを操作する。テレビの画面に、先ほどの横松の映像が出る。星野、それを早送りする。

新島　これ、いつのです？

星野　二〇〇二年、今から十九年前ね。

新島　じゃ、横松さんはまだ、新聞社に？

星野　そう、まだ社会部の松さんだったころ。ある市民団体の集会で講演していたんだけど、ここらへんから、今の我々と重なってくるかな？

と、再生ボタンを押す。早送り状態だった横松、普通の速度で話し出す。

横松　……まあ、金をつかまされて書くべきことを書かない、なんてのは論外ですが、それ以外にも記者たちが書けなくなる理由がある。それがこの、（と、小さなパネルを見せ）「編集権」を根拠にした、メディア内部からの圧力です。「編集権」とは、編集内容を最終的に決定する権利ですが、日本ではこの権利が、経営者の側にあるとされてきた。戦後の混乱期に、日本新聞協会が「編集権声明」というものを出して、そう宣言したんですね。GHQが、労働者、つまり記者たちの発言力が強くなるのを恐れて手を回したと言われております。ですから、経営トップの会長や社長が、政権幹部と仲がいいと、そこで働いている記者は政権批判がやりにくくなってしまう。冗談じゃないよ、俺はジャーナリストだと粋がって、ドーンと政権批判をしてしまうと、ジャーン、「編集権」というものが出てきまして、記事の書き直しを命じられたり、ボツにされたり、下手すると遠くに飛ばされたりするなんてことが起きてしまう。こういうことから、記者たちの委縮や自己規制が始まるんです。何を伝えるべきかより、伝えたら自分がどうなるかを考え始める。つまるところ、ジャーナリズムの活性化は、記者たちがいかに自己規制を克服できるかにかかっていて……

新島の携帯にメールの着信音。

星野 （映像を消して）ま、これぐらいにしときましょう。私はこっちを信じたというわけよ。
新島 （メールを見たまま）嘘だろ、嘘だろ……
星野 どうしたの？
新島 袋川が、横松さんに出したメールに、「報道9」のグループメールのアドレスが、CCでついたままになっていて……
星野 ってことは？
新島 あいつが横松さんに出したメールが、みんなにも届いてしまったわけで……
星野 （携帯を出し、メールを開きながら）つまり、みんなが読めるというわけね、その中身を……

新島　はい、すべて……

星野　（読む）横松先生、さっきは学者先生の採点リストをありがとうございました。ちょっと曲げてコピーしてみましたけど、いかにも自宅でやったみたいで、いい感じではないでしょうか？

新島　バカ……

星野　六人の先生が、ダメだって拒否られた理由が、黒塗りにされないで出てくるのは、「歴史的瞬間なのよ、わかってる？」と、立花さんに言われました。星野さんも「ナカモっちゃんは気絶だね」と笑っていました。僕も、局のやつらの驚く顔が見たいです……あ、もう読めない……

新島　バカバカバカバカ……

星野　リハーサル中はみんな、メールなんて見ないんじゃない？

新島　願わくば。でも、もう横松さんだけのせいにはできませんよ。

星野　新島ちゃんは、しらばっくれてね。まだ名前は出てないんだから。

新島　スタジオ、どうなってるかな？

と、テレビのそばにある共聴チャンネルのボタンを押す。

テレビ画面にスタジオが映る。番組のテーマ曲が流れる中、立花がジャンクションのリハーサル中。

立花　「報道９」はこのあと、すぐ。新型コロナの感染拡大が続く中、感染抑止に立ちはだかる問題とは？　後半は「激論９」、今夜のご出演は政治評論家の横松輝夫さん、ジェンダー論、女性学がご専門の萩鷹子さんで、新政権の四ヵ月を振り返ります。すいませ〜ん、もう一回やらせてください。袋川君、カンペが揺れて読みにくい。

袋川の声　すいません、気をつけます！

新島　大丈夫そうですね。

星野　ああ、せめて始まるまでは、もってほしい……

フロアーディレクターの声　はい、じゃもう一度お願いします。

と、スタジオから、ざわつく声。

立花　え、どうしたの？　何、メールって？

新島　発覚……

立花　え、何々、袋川君のメールって？

袋川　すいません、間違いです、皆さん、気にしないでください！

と、言いながら、画面の中に現れる。

袋川　本番直前に申し訳ありません！　え〜、さっき、ですね、横松先生に送ったメールを、間違えて皆さんに同送してしまいました。読んでいただく必要はありませんので、一斉に削除をお願いします。はい、一斉にやりましょう、せーの、削除！　せーの、削除！

立花、何かを察して画面から消える。スタジオからは袋川を罵倒する声。

袋川　皆さん、削除してますか？　絶対読まないでくださいよ。てか、読むと不幸になりますです。あ、すいません、ふざけてるんじゃないんすよ。マジ、絶対読んでほしくなくってぇ……

新島　バカバカバカバカバカ……

と、走り出していく。
星野の携帯に電話。星野、テレビを消して電話に出る。

星野　……あ、萩先生。スタジオの騒ぎ、ご覧になった？　……ええ、そうなんです。あの子、いい子なんだけど、とんでもないことをやってくれて……ああ、そうですよね、私たちは、悪いことをしているわけじゃない……つい、忘れてしまうところでした。言っていただいてよかったわ。

台本を持った横松が入ってくる。

星野　はい、予定通りということで……（横松に気づき）あ、横松さんがいらっしゃった。また様子を見て、ご連絡します。（切る）
横松　すいませんね、ちょっといいですか？
星野　あ、はい……
横松　どのタイミングで言い出すかということを、言われた通りにやってみたんですが、どうもわざとらしい気がしてね。

星野　はぁ……

横松　稽古をつけていただくわけには、いきませんでしょうか？

星野　稽古？

横松　いや、私がやってみますので、それでいいとか、不自然だとか、感想を言っていただければ。

星野　ああ、じゃ、どうぞ。

横松　え〜、まずはこんな具合に腰かけていて、ナカモっちゃんの進行で、いよいよその話題に移ったとき……（と、そのときの自分になり）あ、すいません。予定にはないことですが、この話題に入る前に、あらかじめお伝えしておきたいことがあります。実はこれ、ある極秘文書をコピーした、あ、自宅でコピーしてきたものですが……と、台本を開き、はさんであった紙をカメラに向かってズバっとひろげ……この文書こそ、総理が隠し通したかったもの、あの六名を任命拒否した理由が赤裸々に書かれた採点リストなんです！

星野　……

横松　ヘンですか？

星野　すいません、ちょっとぼんやりしてしまって。

横松　ヘンだったらヘンだと、言ってくださっていいんですよ。

星野　いえ、これ自体がヘンなことなので、特にヘンということは……

横松　でも、もう少し力みはとった方がいいですよね。できるだけ、自然体で……（と、再チャレンジ）あ、すいません。予定にはないことですが、この話題に入る前に、あらかじめ……

星野　ごめんなさい、集中することができません。今、スタジオが大騒ぎになっていて。袋川が横松さんに送ったメールを、「報道9」のグループメールにも、同時に送信してしまって……

と、共聴チャンネルをつける。ざわざわする中、懸命に言い訳している立花。傍らで袋川が下を向いている。

立花　皆さん、聞こえてますか？　少し誤解があるようなんで、改めてご説明しますけど、これは、袋川君のいたずらなんです。あんまり寝てないもんだから、ストレスがたまってやっちゃったんですよ。どうか、許してやってください！　そう、すべてフィクション、いたずらです、私からもお詫びします。すべてがフィクション、いたずらです！

スタジオのざわつき、大きくなる。

立花の前に、新島が躍り出る。新島、袋川を画面の外に追いやり、

新島 皆さん、落ち着きましょう、まもなくオンエアの時間です！　各自持ち場に戻ってください。スタンバイの態勢に入ってください！　立花さんもお願いします。ほら、そこ、戻れよ早く！

立花、画面から去る。スタジオのざわつきはいったん収まる。

新島 え〜、その上で、静かに聞いてほしいんですけど……袋川はいたずらなんかしていません。メールを間違って送信したのはまずかったけど、あいつは、あいつなりに考えて、やるべきことをやろうとしたんだと思います。つまり、今日、横松先生によって、ある文書が明らかにされるのは事実です。

スタジオ、再び騒然。

新島　すいません、皆さんにお知らせしなかったのは、動揺させたくなかったからです！　今だって、この情報はまだこのスタジオの中におさまっている。皆さん、全力で知らなかったふりをしてください。

中本の声　バカヤロー、司会の俺はどうすんだよ！

新島　ですから、そこは、ただびっくりしていただけたら……

新島への怒号、高まる。

新島　皆さん、今日は星野さんの最後の日です！　どうか、星野さんの思う通りにやらせてください！　報道に関わるものは、どんなリスクを冒しても、国民に知らせるべきことを知らせなければなりません。星野さんのこの思いに、皆さん、どうかご協力を！　すいません、すいません、すいません……

ひたすら、頭を下げ、お願いを続ける新島。

が、誰かに腕を引っ張られたように、突然画面から消える。入れ替わりに、袋川が駆け込む。

袋川　テメ〜ら、何やってんだよ、先輩から手を放せ！　テメ〜らは、知らないふりだけしてりゃあいいんだ。そんなこともできねえのかよ！　先輩はな、ＡＤを十年もやったんだぞ！　やっとチーフになったのに、それを今日、棒にふろうってんだぞ。この覚悟がわかるかテメ〜ら！　俺だって、何時間寝てないか、わかってんのかテメ〜ら！

新島　バカバカバカバカ！（と、画面に駆け込み）早くカンペを用意しろ！（と、袋川を突き飛ばし）皆さん、間もなくオンエアです。各自、部署につきましょう。皆さん、間もなくオンエアです。各自部署につきましょう！

と、自らも画面から消える。星野、テレビを消す。

横松　……何て立派な若者なんだ。ニッポンはまだ大丈夫だ。

星野　あのリストを出すタイミング、早めた方がいいかもしれない。

横松　そうですね、妙なジャマが入らないうちに。

星野　頭っから、やっちゃいましょう。「激論９」が始まったらすぐ。

横松　ああ、それがいい。

星野　萩先生にもメールしておきます。

立花が入ってくる。

立花　……私、もう出演することができません。何のお役にも立てず、情けないです……新島ちゃんは、偉いよね、ちゃんと本当のことを言って。私は、嘘で切り抜けようとした。私って、どういう人なの……星野さん、やるんですか？　これ、ウチでやらなきゃいけないことなんですか？　どっかの週刊誌にリークして、書いてもらったらダメなんですか？　そのあとでなら、そのあとでなら、ウチだって安心して放送できるし……ごめんなさい、ごめんなさい、私って、最低……

立花、走り出ていく。横松と星野、茫然と見送る。
星野の携帯電話が鳴る。

星野　（画面の表示を見て）……報道局長だ。

鳴り続ける電話。星野、意を決して出る。

星野　星野です。……ええ、そういう騒ぎはあったようですが……それについては、お答えを控えさせていただきます。……ですので、それについて今、私から申し上げることは……

相手から電話を切られたらしく、携帯を置く。

横松　報道局長は何と？
星野　ナカモっちゃんの指示で、連絡が行ったらしくて……これから、こっちに来るそうです。
横松　まずいな……
星野　でも、彼の家は鎌倉ですから、今から車を飛ばしたって……
横松　いや、金曜の夜のこの時間、彼はまだ自宅に帰っていないはずだ。
星野　じゃ、どこに？
横松　さる女性のマンションではないかと……
星野　さる女性のマンションの場所は？
横松　西麻布です。
星野　西麻布……！

袋川が入ってくる。目の周りに殴られたような傷跡。止血のため、鼻に血だらけのティッシュペーパーを詰めている。

袋川 すいません、俺がドジったために、こんなことになってしまって……

星野 どうしたの、その顔？

袋川 俺はもうスタジオには戻れません。今日の放送には立ち会えないけど、俺……成功を願ってます！

横松 ありがとう、君の思いを無駄にはしない。必ずやって見せるからな！

袋川、駆け出していく。星野の携帯がまた鳴る。

星野 (表示を見て) 政治部長だ。彼も来る気になったのかも……

横松 やりましょう、我々にその意志さえあれば、どんな困難が待ち受けようと……

星野 ……

横松 できますよ。やりましょう！

星野　ただ、今日やる必要があるのかどうか？　こんな混乱の中で伝えても、かえって誤解を招くかもしれないし、だとしたら、日を改めて、もっとしっかり計画を練って……

横松　今日やりましょう。今こそ、この政権の本当の姿を伝えよう。

星野　政権はすでに、いろいろな批判を受けて、体力が弱まっています。今こんなことを伝えたら……

横松　政権のクビが取れるかもしれない。

星野　そんなこと、ウチの局にはできません！　スタジオのあの騒ぎは、あれは恐怖からなんです。政権のクビなんかとったら、そのあと、どんなことが起きるか。そんなことに耐えられる、そんな度胸のある人は、ウチには一人もいないんです。

横松　星野さん、あなたがいるじゃないですか。あなたはずっと、国民に知らせるべきことを知らせようと闘ってきた。今、最も知らせるべきことが、あなたの手の中にあるんですよ。

星野　もちろん、そんなの、わかってますよ！　ただ、このやり方がいいのかどうかを、私は言っているんです！

鳴り続けていた携帯が、ピタリと鳴り止む。

星野　とても残念ですけど、やはり機を見て出直す方が……

横松　あんたが正義派でいられたのは、俺みたいな人間がいたからだ。いざというとき、俺みたいな人間が邪魔をしてくれたから、あんたはとことん試されずにすんだ。自分の弱さ、自分のずるさと向き合わずに、正義を貫こうとしているんだと思い込むことができた。あんたこそ、もうとっくに落とし穴にはまってたんだよ！

星野　……

横松　失礼！　取り消します。自分のやってきたことも忘れて、お恥ずかしい。許してください。

と、床にひれ伏す。
起き上がろうとした拍子に大きくよろけ、

横松　……私は確かに、熱がある。リンパ節にがんが転移して、そこからくる熱らしい。いよいよ先が見えた気がして、何かを取り戻したくなったのかな。滑稽ですよね、今さら何を言ってるんだか……

新島が片足を引きずりながら来る。血のついたタオルで口を押さえ、顔には殴られたような皮下出血の痕。シャツにも血がにじんでいる。

星野、声にならない悲鳴をあげる。

新島　すいません。そろそろオープニングですが、星野さん、スタジオの方にお願いします。横松先生のリモートは、急遽、僕がやることになりまして……

横松　あ、それなんだけどね、今星野さんにお願いして、私の出演は取り下げてもらいました。

新島　えっ……

横松　スタジオの騒ぎを見ていたら、どうもまずいような気がしてね。いったん帰って頭を冷やした方がよさそうだ。すいませんが、皆さんにそう伝えていただけませんか？

新島　星野さん、いいんですか？

横松　じゃ、私はこれで。どうもお騒がせいたしました。

と、深く一礼、出ていく。

新島　えっ、ちょっと……横松先生！（と、追う）

星野、床に膝をつき、嗚咽をこらえようと身を縮める。
しばらく、そのままでいたが、思い出したように上体を起こし、パソコンを操作する。
「報道9」のオープニングの音が聞こえてくる。

中本の声　こんばんは、「報道9」、中本明です。今日は立花さつきアナが体調不良のため、私中本が一人で司会を務めさせていただきます。さて、新型コロナウィルスが猛威をふるう中……あ、もう一つ変更のお知らせがあります。本日、「激論9」にご出演が予定されていた横松輝夫さんは、都合により、ご出演いただけないことになりました。本日、横松さんのご出演はありません……

その声は、かすかに弾んでいる。
星野、断ち切るように放送を止める。
新島が戻ってくる。

新島　横松さんは、帰られました。スタジオのみんなはホッとしたようです。

星野　横松さん、何か言ってた？

新島　いえ、ただ、さようならと。

星野　そう……

新島　星野さん、チャンスはまたあります。次のチャンスにかけましょう。

星野　……先に行って。私もすぐ行く。

新島　はい。（と、去る）

星野、パソコンを閉じる。そのとたん、テレビ画面に横松が現れる。先に見た映像の続きが再生されてしまったらしい。星野、あわてて止めようとするが、うまくいかない。

横松　……え〜、このように、日本では報道に関わる人々の、忖度、自粛、自己規制が、当たり前のように行われていますが、それによって、市民はどんな不利益をこうむるか？民主主義の破壊、独裁政治の横行。こういった、歴史の逆戻りを防ぐために、各国では、報道に関わる人々の言論を保障する、様々な実践が重ねられてきました。フランスでは、記者たちが所属するメディアの株式を所有し、役員の選挙にも参加できるようにした。ヒトラーによるメディア支配を経験したドイツでは、個々のジャーナリストが、意志に反した報道を強制されないように、経営者と契約を結んでいます。

星野、いつの間にか座って画面に見入っていたが、立ち上がり、ドアの方へ歩き出す。

横松 お隣、韓国でも民主化後に実現した、記者たちによる編集局長の選挙が続けられていますね。ところが日本では……

星野、振り返って横松を見る。画面の中の横松も、星野の方を見ている。

横松 未だに「編集権」を経営者が握り、報道の現場にいる人々の言論が保障されているとは言い難い。そろそろ、これを見直すべきときが来ているのではないでしょうか。

星野、出ていく。

横松 そこで、提案したいのですが、まず、報道に関わる人たちが、広く集まって話し合い
……

映像の中の横松、誰もいない部屋で話し続ける。

幕

参考文献

上出義樹『報道の自己規制――メディアを蝕む不都合な真実』（リベルタ出版）
花田達朗 編『内部的メディアの自由――研究者・石川明の遺産とその継承』（日本評論社）
藤森 研「編集権問題から見た朝日新聞の70年――朝日10月革命から池上コラム問題まで」（朝日新聞「論座」二〇一五年八月二十二日）
上脇博之『内閣官房長官の裏金――機密費の扉をこじ開けた4183日の闘い』（日本機関紙出版センター）
丸山眞男「「現実」主義の陥穽」（増補版『現代政治の思想と行動』より／未来社）

※ 横松の過去の「映像」場面のうち、「内閣官房機密費」と、「編集権」について述べた部分の台詞は、横松役の佐藤B作さんにお願いして、ご自身が話しやすい口調にアレンジしていただいた。それを、元の台詞に反映させている。

■上演記録　二兎社第四十四回公演

二〇二一年一月八日(金)～一月三十一日(日)　東京芸術劇場シアターイースト

■スタッフ

作・演出　永井　愛
美術　大田　創
照明　中川隆一
音響　市来邦比古
音楽　磯﨑祥吾
衣裳　竹原典子
ヘアメイク　清水美穂
演出助手　白坂恵都子
舞台監督　澁谷壽久
舞台監督助手　竹内章子　加瀬貴広　宇野圭一　大刀佑介
照明操作　吉田裕美
音響操作　堤裕吏衣
プロンプター　山下　由
衣裳助手　柿野　彩
票券　熊谷由子
制作協力　畑中あゆみ　持田有美　月館　森
制作助手　弘　雅美
制作　安藤ゆか
共催　公益財団法人東京都歴史文化財団　東京芸術劇場

■キャスト

佐藤B作（横松輝夫）
和田正人（新島利明）
韓英恵（立花さつき）
金子大地（袋川昇平）
神野三鈴（星野礼子）

あとがき

この作品は、『ザ・空気』（二〇一七年）、『ザ・空気ver.2 誰も書いてはならぬ』（二〇一八年）に続く、「空気」シリーズ三部作の完結編として書いた。

もちろん、このシリーズが追い続けてきたこと、日本における報道の自己規制が終息したわけではない。むしろ、いっそう「当たり前」のこととして報道現場でルール化され、政権やメディアのトップから圧力がかからなくても、自己規制は自動的に再生産されている。その現実を描き出すことで、ひとまずシリーズに区切りをつけることにした。

迷ったとき、混乱したとき、常に道しるべとなって行く手を示してくれたのは、上出義樹氏の著書『報道の自己規制――メディアを蝕む不都合な真実』（リベルタ出版）だった。これは、上出氏が七〇歳で取得した博士論文を下敷きにしたもので、「なぜ自己規制が起きやすいのか」という問いのもとに、日本的な負の構造を解き明かしている。

上出氏は北海道新聞の編集委員を務めた元記者でありながら、定年退職後に上智大学大学院でジャーナリズムを学び直した。それは、情報源とのなれ合いや自己規制を疑問視せずに受け入れていた、自身の記者時代への反省からだという。悪性リンパ腫と闘いながら、健全なジャーナリズムを求め続けたその意志は、氏の亡くなった今も残された言葉の中に生き、なお強く私たちに訴えかけてくる。

取材に応じてくださった報道関係の方からは、貴重なお話をたくさん伺った。その一つ一つがこの信じがたい物語に揺るがぬリアリティーを与えてくれた。

新型コロナウイルス感染拡大下の稽古場をいっそうスリリングにしてしまったのは、台本の遅れだろう。座組の皆さんにお詫びを申し上げるとともに、それを補って余りあるパワーで舞台を輝かせ、客席を湧かせてくださったことに、心からお礼を申し上げます。

初日の前日に緊急事態宣言が発令された。それでも、どうにか東京公演を全うすることができたのは、福井健策氏、野田秀樹氏ら、緊急事態舞台芸術ネットワークの皆さんが、国や自治体とぎりぎりの折衝を続けてくれたお陰である。「劇場の灯」を消したくないという、その強い思いに支えられての公演だったことを胸に刻んでツアーに臨みたい。

二〇二一年一月

永井　愛

［著者略歴］
永井 愛（ながい・あい）
1951年 東京生まれ。桐朋学園大学短期大学部演劇専攻科卒。
1981年 大石静と劇団二兎社を旗揚げ。1991年より二兎社主宰。
第31回紀伊國屋演劇賞個人賞、第1回鶴屋南北戯曲賞、第44回岸田國士戯曲賞、第52回読売文学賞、第1回朝日舞台芸術賞「秋元松代賞」、第65回芸術選奨文部科学大臣賞、第60回毎日芸術賞などを受賞。
主な作品
「時の物置」「パパのデモクラシー」「僕の東京日記」「見よ、飛行機の高く飛べるを」「ら抜きの殺意」「兄帰る」「萩家の三姉妹」「こんにちは、母さん」「日暮町風土記」「新・明暗」「歌わせたい男たち」「片づけたい女たち」「鷗外の怪談」「書く女」「ザ・空気」「ザ・空気 ver.2 誰も書いてはならぬ」「私たちは何も知らない」

ザ・空気 ver.3 そして彼は去った…

2021年3月10日 初版第1刷発行

著　者 永井 愛
発行所 有限会社 而立書房
東京都千代田区神田猿楽町2丁目4番2号
電話 03（3291）5589 ／ FAX 03（3292）8782
URL http://jiritsushobo.co.jp

印刷・製本 中央精版印刷 株式会社

落丁・乱丁本はおとりかえいたします。

Printed in Japan
ISBN 978-4-88059-426-2 C0074
装幀・瀬古泰加

永井 愛

2019.12.10 刊
四六判上製
112 頁
本体 1400 円

ザ・空気 ver.2　誰も書いてはならぬ

ISBN978-4-88059-417-0 C0074

舞台は国会記者会館。国会議事堂、総理大臣官邸、内閣府などを一望できるこのビルの屋上に、フリージャーナリストが潜入する。彼女が偶然見聞きした、驚くべき事件とは…。第 26 回読売演劇大賞選考委員特別賞・優秀男優賞・優秀演出家賞受賞作。

永井 愛

2018.7.25 刊
四六判上製
120 頁
定価 1400 円

ザ・空気

ISBN978-4-88059-408-8 C0074

人気報道番組の放送数時間前、特集内容について突然の変更を命じられ、現場は大混乱。編集長の今森やキャスターの来宮は抵抗するが、局内の"空気"は徐々に変わっていき……。第 25 回読売演劇大賞最優秀演出家賞、同優秀作品賞・優秀女優賞受賞作。

永井 愛

2016.1.25 刊
四六判上製
160 頁
定価 1500 円

書く女

ISBN978-4-88059-391-3 C0074

わずか 24 年の生涯で『たけくらべ』『にごりえ』などの名作を残し、日本女性初の職業作家となった樋口一葉。彼女が綴った日記をもとに、恋心や人びととの交流、貧しい生活を乗り越え、作家として自立するまでを描いた戯曲作品。

谷 賢一

2019.11.10 刊
四六判上製
336 頁
定価 2000 円

戯曲 福島三部作

第一部「1961 年：夜に昇る太陽」
第二部「1986 年：メビウスの輪」
第三部「2011 年：語られたがる言葉たち」

ISBN978-4-88059-416-3 C0074

現代性と文学性をあわせもつ作風でファンを増やしてきた劇団 DULL-COLORED POP。その主宰で、福島生まれの谷賢一が、原発事故の「なぜ？」を演劇化。自治体が原発誘致を決意する 1961 年から 50 年間を、圧倒的なディテールで描き出す問題作！

宇吹 萌

2020.10.30 刊
四六判上製
256 頁
本体 2000 円

THE BITCH ／名もない祝福として

ISBN978-4-88059-424-8 C0074

オカルト、少女趣味、現実の社会問題も巻き込んで、独特の演劇空間を構築する演劇企画 Rising Tiptoe（宇吹萌主宰）。活動 15 周年を記念して、第 3 回宇野重吉演劇賞優秀賞を受賞した戯曲「THE BITCH」ほか 1 篇を書籍化。

ノエル・カワード／福田 逸 訳

2020.9.10 刊
四六判上製
288 頁
定価 2000 円

スイートルーム組曲　ノエル・カワード戯曲集

ISBN978-4-88059-422-4 C0074

20 世紀英国を代表する才人が最晩年に執筆・上演し、"自身最上の舞台"と絶賛した「スイートルーム組曲」。高級ホテルのスイートルームで、熟年の夫婦・愛人・給仕たちが織りなす、笑いあり涙あり、至言・名言が飛び交う極上の人間ドラマ。